AZZARELLO

BERMEJO

BATMAN™

DAMNED

BAND 3

BRIAN AZZARELLO
AUTOR

LEE BERMEJO
ILLUSTRATOR

JOSEF ROTHER
ÜBERSETZUNG

GIANLUCA PINI
LETTERING

LEE BERMEJO
ORIGINAL-COVER

WILL DENNIS
MARK DOYLE
AMEDEO TURTURRO
REDAKTION USA

BATMAN GESCHAFFEN VON
BOB KANE MIT **BILL FINGER.**

DÄMONISCHE FINSTERNIS

von Christian Endres

In BATMAN: DAMNED nutzen die Superstars **Brian Azzarello** und **Lee Bermejo** die Freiheiten des **Black Label** von **DC Comics** für eine von anderen Veröffentlichungen unabhängige, besonders finstere Interpretation des **Batman**-Mythos. Der kreist natürlich auch in dieser eigenständigen Auslegung darum, dass **Bruce Wayne** zu **Gotham Citys** Dunklem Ritter wurde, weil seine Eltern **Thomas** und **Martha** nach einem Kinobesuch in einer Gasse ermordet wurden. Das ist stets die Grundlage von Batmans Legende. Unter Azzarello und Bermejo zeigt sich Batmans Welt allerdings noch dunkler und geradezu dämonisch – und ein ganzes Stück okkulter und übersinnlicher…

Alles begann im ersten Band damit, dass Batman blutüberströmt in einem Krankenwagen erwachte, aus dem fahrenden Ambulanzfahrzeug floh, durch Gotham taumelte, bis ihn letztlich der undurchsichtige Okkultist **John Constantine** auflas. Dann erfuhr der **Dunkle Ritter** von der Ermordung des **Jokers** und fragte sich angesichts seiner Erinnerungslücken und seines eigenen Zustands, ob er selbst seinen wahnsinnigen Erzfeind umgebracht hatte. Batmans Suche nach Antworten führte ihn zu der Brücke, unter der die Leiche des Killerclowns gefunden worden war. Hier begegnete Gothams grimmiger Beschützer erstmals einem mysteriösen Fremden im grünen Kapuzenmantel, der den Joker anscheinend sterben sah, der Batman jedoch wie ein Geist – wie ein **Spectre** – entwischte. Die vergebliche Jagd nach diesem Zeugen brachte Batman ins Revier der Rückwärtszauberin **Zatanna** und des Geistes **Deadman**, der fremde Körper übernehmen kann und den **Mitternachtsdetektiv** vor einer okkulten Verschwörung warnte, die gegen ihn im Gange sei.

Darüber hinaus quälten Bruce verstörende Albträume und lebhafte Erinnerungen an seine Kindheit. In denen hatte sein Vater eine Affäre, weshalb seine Mutter einen Privatdetektiv anheuerte – und der kleine Bruce schloss insgeheim einen Pakt mit der dämonischen **Enchantress**: seine Tränen gegen ewige Furchtlosigkeit. Im Hier und Jetzt führten Batmans Ermittlungen schließlich zu einem Nachtclub, in dem der höllische Rapper **J Blood** alias **Etrigan** auftrat. Bevor die Situation zwischen Batman und dem Dämon eskalieren konnte, erschütterten mehrere Explosionen die Stadt. **Harley Quinn**, die Geliebte des Jokers, überzog Gotham mit Feuer, um sich am Dunklen Ritter für den Mord am Clownprinzen des Verbrechens zu rächen. Im Kampf injizierte die Clownprinzessin dem Fledermausritter ein Gift, doch Bats wehrte sich, und so endete der zweite Band mit Harley und Batman in tödlicher Umklammerung vor dem Bat-Signal…

In diesem dritten Band schließen Brian Azzarello und Lee Bermejo ihre intensive Geschichte über Batmans Tanz zwischen Finsternis und Verdammnis ab. Viel Vergnügen mit dem düsteren Finale von BATMAN: DAMNED!

JIM
LEE

HERMANN PAUL
GESCHÄFTSFÜHRER

MARCO M. LUPOI
PUBLISHING DIRECTOR EUROPE

FELIX BAUER
FINANZEN

HOLGER WIEST
MARKETING DIRECTOR

THORSTEN KLEINHEINZ
MARKETING

ALEXANDER BUBENHEIMER
VERTRIEB

RONALD SCHÄFFER
LOGISTIK

STEFFEN VOLKMER
PR/PRESSE

LISA PANCALDI
PUBLISHING MANAGER

TOMMASO CARETTI
CHRISTIAN ENDRES
CRISTIANO GRASSI
MONIKA TROST
DANIELA UHLMANN
REDAKTION

JOSEF ROTHER
ÜBERSETZUNG

GENOVEVA FINCIAS ALONSO
PROOFREADING

GIANLUCA PINI
LETTERING

RUDY REMITTI
NICOLA SPANO
GRAFISCHE GESTALTUNG

MARIO CORTICELLI
ART DIRECTOR

ANNALISA CALIFANO
BEATRICE DOTI
REDAKTION PANINI COMICS

FRANCESCA AIELLO
ANDREA BISI
PREPRESS

ALESSANDRO NALLI
(COORDINATOR)
MARIO DA RIN ZANCO
VALENTINA ESPOSITO
LUCA FICARELLI
LINDA LEPORATI
REPRO/PACKAGER

FSC
www.fsc.org
MIX
Paper from responsible sources
FSC® C115044

BATMAN: DAMNED erscheint bei **PANINI COMICS**, Schloßstraße 76, D-70176 Stuttgart. Druck: Centro Poligrafico Milano S.p.A., Casarile (MI). Pressevertrieb: Stella Distribution GmbH, D-20097 Hamburg. Direkt-Abos auf **www.paninicomics.de**. Anzeigenverkauf: BLAUFEUER VERLAGSVERTRETUNGEN GmbH, info@blaufeuer.com. Es gilt die Anzeigenpreisliste Nr. 16 vom 01.10.2018. Cover von **Lee Bermejo**, *Batman: Damned* 3. Variant-Cover von **Jim Lee**, *Batman: Damned* 3 Variant.

Bibliografische Information der Deutschen Nationalbibliothek
Die Deutsche Nationalbibliothek verzeichnet diese Publikation in der Deutschen Nationalbibliografie; detaillierte bibliografische Daten sind im Internet über http://dnb.d-nb.de abrufbar.

Behalt die Kontrolle.
Behalt!
Die!
Kontrolle!
Intellektuell ist das ein Konzept, das wir verstehen... aber leider eins, das uns blind macht...
Behalt die Kontrolle-- oder die Kontrolle behält dich! Und das willst du doch nicht.
Und damit beginnt dein Sündenfall.
Nein, in Wirklichkeit behält uns das Chaos. Ein ewiger Sturm, der in jede unvorstellbare Richtung bläst. Der ohne Warnung in unserem Leben ausbricht und unser kleines Boot gegen alles schmettert, das härter ist als wir.
Zum Beispiel unsere Mitmenschen.

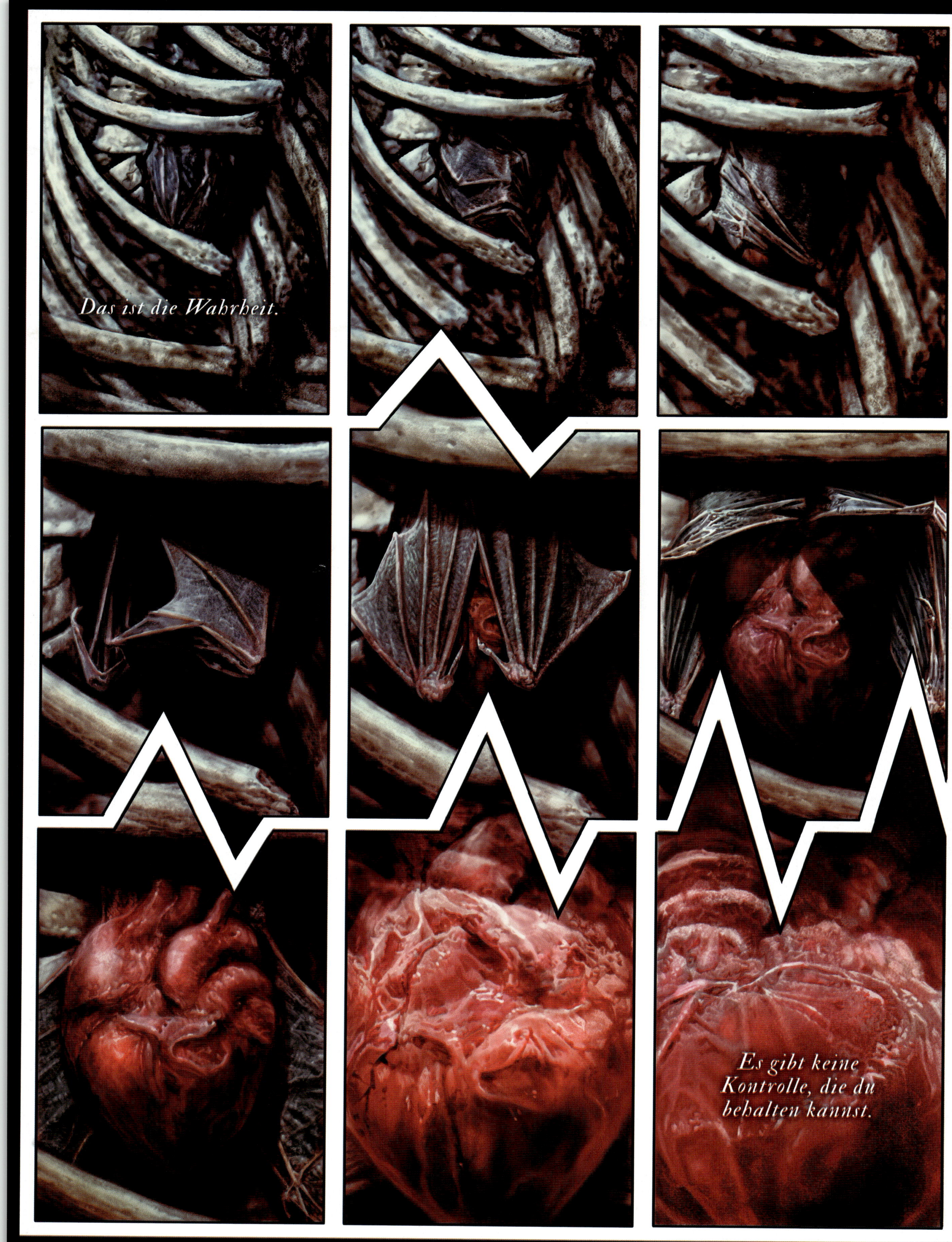
Das ist die Wahrheit.
Es gibt keine Kontrolle, die du behalten kannst.

Kontrolle ist nur eine Illusion.
Und vielleicht sind es gerade die, die sich am verzweifeltsten an sie klammern...
... die wissen, dass wir sie niemals gehabt haben...

Erst am Ende-- dem wir näher sind, als ich zugeben möchte-- verstehen wir, dass Kontrolle nichts ist als Angst.
Das macht den Typen Panik, die unbedingt die Kontrolle behalten müssen.
Für die ist es tabu, das Leben zu genießen.
Für die ist das schlimmer als der Tod.
Heh.

Also graben sie unter Tage nach deinem Geheimnis.
KREEEITCH
Und dann werfen sie es als Angst auf den Markt.
KERACK
Die Angst konsumiert uns wie ein Happy Meal.
Aber wir sind die wahren Konsumenten.
Und um den Handel abzuschließen...
RUMMBLE

... bezahlen wir mit unserem Leben...

...
ICH VERDANK DIR MEIN--
LEBEN?
UM DAS GEHT ES HIER NICHT, DUNKLER...
... RITTER. BEIDE...
... SEI- TEN...
... RUFEN DICH...
MANN, DER KLINGT WIE 'NE ALTE 45ER PLATTE, DIE AUF 33 ABGE- NUDELT WIRD.
PASS AUF, ALTER KNABE.
DIESES KRAUT SCHLÄGT EINEM AUFS HIRN.

RITTER, DIESER MANN...
MEINT ES *NIE* GUT.
UND WAS *MEIN* ICH DANN?
NUR DEINEN BÖSEN SPASS.
DAMIT KOMMT MAN GANZ GUT DURCHS LEBEN.
WER...
DIE GANZE ZEIT LACHT...
LÄCHELT SELTEN AM ENDE.
VERPISS DICH, *KONFUS*IUS.
ICH HAB LANG- SAM GENUG VON DEINEM ZYNISMUS, CONSTANTINE!
HEY! DU SPRICHST MIT DEM KERL, DER DEINEN GÜRTEL GE- RETTET HAT! WEISST DU NOCH? DEN HAT DIR HERRIN QUINN VON DER TAILLE GEPELLT, ALS... TJA...
LUST AUF 'NE KIPPE?

RITTER...
TRAU DIESEM MANN NICHT.
ER IST NICHT DEIN FREUND.
ICH BIN MEHR ALS DEIN FREUND.
ICH BIN DEINE BESTE CHANCE.
DAS HABE ICH SCHON EINMAL GEHÖRT.
ECHT? MIT DEN BOHNEN IN DEN OHREN HÖRST DU IR-GENDWAS?
WEISST DU, SUMPF-DUMPF, DIE WELT BRAUCHT VIEL-LEICHT EINEN RETTER, ABER DIE MENSCHHEIT BRAUCHT EINEN TEU-FEL, EIN SCHRECK-GESPENST.
EINEN BATMAN! SCHLIESS-LICH IST ANGST UN-SER EFFEKTIVSTER MOTIVATIONS-FAKTOR.
SIEHST DU, RITTER?

UNSER LEID IST SEIN SPASS.
NUR DEIN LEID, DU ARROGANTER KOHL.
SMAAAASH

WUFF
MEIN TRÄNEN-LOSER...
MEINER...
NARR!
MONSTER!
STÖRENFRIED!
VERSPROCHEN!
MEINER!
BASH
VER-SCHWOREN.
WAS GETAN.
IST GETAN.

GETAN?
KRUSH
NIEMALS!
TRÄNENLOSER, WARUM DU LEBEN HASST?
ICH HASSE...?

NEIN...
HÖR NICHT AUF IHRE...
ZAUBERSPRÜCHE...
SMASH
WARUM LEBEN NICHT SIEGT?
NICHT VORBEI?
NICHT STILL?
NICHT MEIN?

WER BIST DU?
SCHICKSAL GESCHRIEBEN.
WÜRFEL.
GEFALLEN.
WAS HAT DAS MIT MIR ZU TUN?
WARUM DU VERGESSEN?

ICH IST ERSTER KUSS.
ERSTE LIEBE.
ERSTES BLUT.
DU MEIN...
ICH DEIN...
GEHEIMNIS.
NEIN! NEIN!

NEIIIIIIIIIIIN!
THUNK
THUNK
TJA, UND DAMIT HABEN WIR UNSERE TEUFEL AUS-GETRIEBEN.
WAS WAR DAS? WAS HAB ICH...?

DU HAST IHRE GEFÜHLE VERLETZT.
HALT DIE SCHNAUZE.
HEH, ICH WUSSTE...
ES GIBT EINEN GRUND, WARUM ICH DICH MAG, RITTER.
CONSTANTINE HAT RECHT...
DIE MENSCHEN BRAUCHEN DIE ANGST.
ICH FRAG MICH NUR...
WAS MACHEN SIE DAMIT?
CONSTANTINE, GENUG JETZT...
ICH BRAUCHE ANTWORTEN.
DIE HAT NUR EINER, UND DER IST TOT.
ABER GUT, DASS DIE GRENZE ZWISCHEN LEBEN UND TOD NUR EIN ABSPERRBAND IST.
DU WILLST IHN SPRECHEN?

Ich führ dich zu ihm.
NIMM DAS!
UND DAS UND DAS!
EN GARDE!
DIESER JUNGE UND SEINE FANTASIE. ICH FRAG MICH, WO ER DIE HERHAT.
NICHT VON DIR.
MARTHA, VERDIRB BITTE NICHT UNSEREN ABEND.
BRUCE...
IST ZEIT.
DEINE ZEIT.
ZEIT FÜR WAS?
FÜR KEINE ANGST.
FÜR IMMER.

HEY!
LAUF NICHT WEG!
WARTE!
WAS-- VERDAMMT, BRUCE! KOMM ZURÜCK!
BRUCE! WAS MACHST DU DA?
Ja, was macht euer kleiner Schlingel da?
Der besiegelt euer Schicksal. Und leider...

... auch sein eigenes...
Und es tut mir echt leid, Mama.
Das ist bestimmt nicht einfach, wenn man nicht mehr die einzige Frau in seinem Leben ist.
Aber Jungs? Die können schließlich nicht ewig Jungs bleiben.
Und das wollen die auch gar nicht. Die können's gar nicht erwarten, erwachsen zu werden.
Aber manchmal, da bleibt einer ein Junge.
Und was passiert dann?

Eine verdammte Tragödie.
DAS IST DER LADEN.
ABSEITS DER AUSGETRETENEN TOURISTENPFADE.
PERFEKT.
HIER KOMMEN NUR LEUTE HIN, DIE VON DIESER BAR WISSEN. UND DIE NOCH MEHR WISSEN WOLLEN...
... DAS SONST KEINER VERTRÄGT...
DENN WAS MAN HIER ERFÄHRT...
TJA, DAS WEISS MAN BESSER NICHT.
WAS ZUM TEUFEL MEINST DU DAMIT?
MAGIE, DETEKTIV...

Magie.
REALITÄT. ILLUSION.
WO LIEGT DER UNTERSCHIED?
MEINE DAMEN UND HERREN, SIE SEHEN, WAS SIE GLAUBEN WOLLEN.
ILLUSION. REALITÄT.
WO LIEGT DER UNTERSCHIED?
IN *IHNEN*.
BOOM
IN IHRER WAHRNEHMUNG.
WIR SIND DIE MAGIE.
ICH BIN DIE MAGIE.

UND IST DIE MAGIE NICHT DIE TÄUSCHUNG?
DER SCHATTEN UNSERER SELBST?
DENKST DU, DIE MEINT DICH?
HRRM...
BITTE...
NIMM PLATZ.

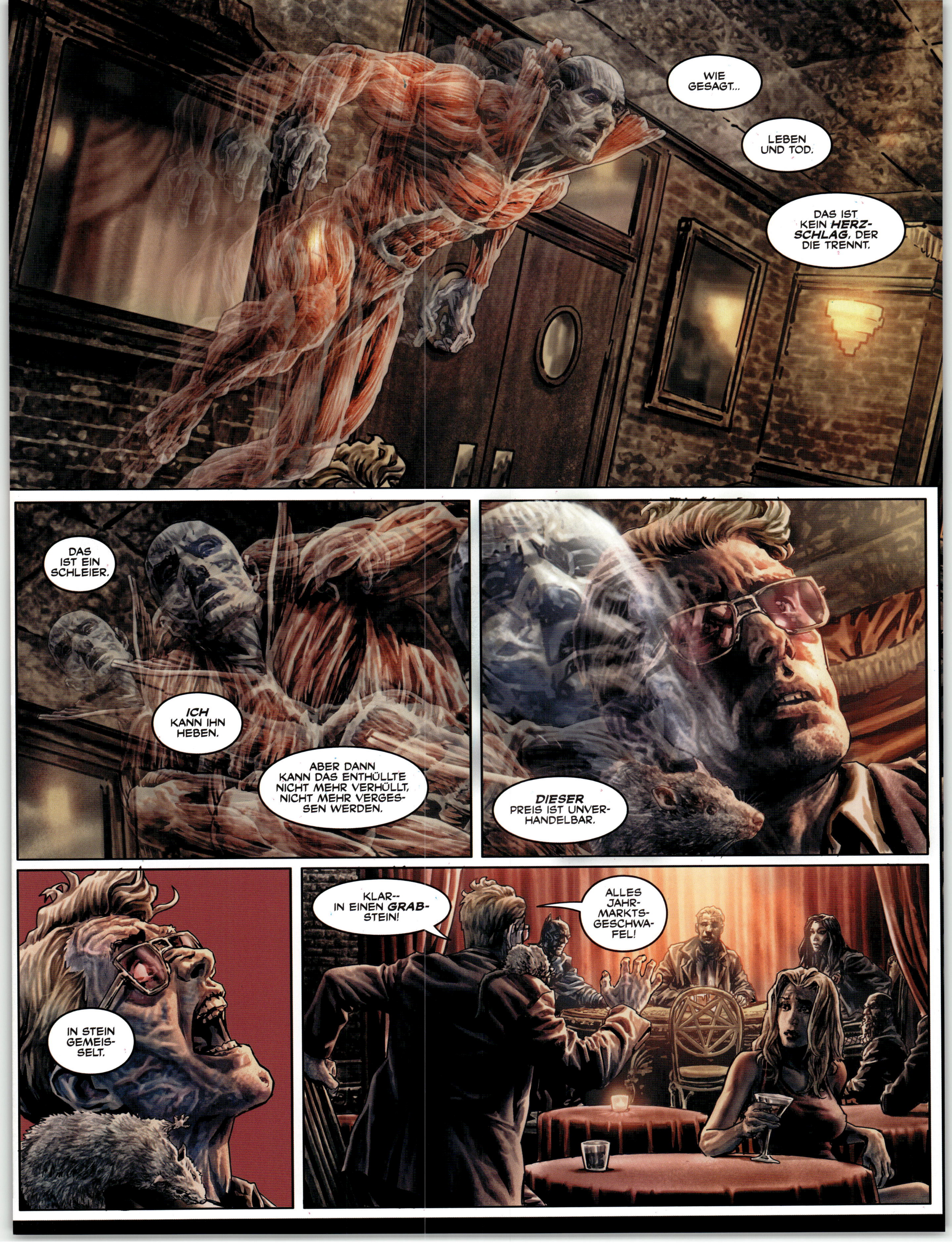
WIE GESAGT...
LEBEN UND TOD.
DAS IST KEIN HERZSCHLAG, DER DIE TRENNT.
DAS IST EIN SCHLEIER.
ICH KANN IHN HEBEN.
ABER DANN KANN DAS ENTHÜLLTE NICHT MEHR VERHÜLLT, NICHT MEHR VERGESSEN WERDEN.
DIESER PREIS IST UNVERHANDELBAR.
IN STEIN GEMEISSELT.
KLAR-- IN EINEN GRABSTEIN!
ALLES JAHRMARKTSGESCHWAFEL!

LÄSST DU DIR DIESEN LAHMEN HOKUSPOKUS SELBST EINFALLEN-- ODER HAST DU EINEN GHOST-WRITER?
HAH!
KAPIERT?
ALSO...
IHR WOLLT MIT 'NEM TOTEN REDEN?
ICH BIN EUER MANN!
WEISS NICHT... DAS KÖNNTE 'NE FALLE SEIN, BRAND.
UND WAS, WENN?
DAS HIER...
ZATANNA?
.TRIW NEREDNESSAP NENIE NI

SKREEE
MEIN KOPF...
HAT MIR EINER WAS IN DEN DRINK GESCHÜTTET?
JA, 'NEN SCHUSS BOSTON.
JOHN...
IST DAS WIRKLICH EINE GUTE IDEE?
ICH GLAUB NICHT, DASS WIR 'NE BESSERE HABEN, ZEE.
ALSO VERSUCH'S, KLEINES.
SONST WIRD NOCH WER VERLETZT.
CONSTANTINE, DROHST DU IHR DA GERADE?
ÄH... ALSO...
NICHT WIRKLICH.
...TSIEG MMOK

...RIM UZ
MMOK
.TSGNA
ENIEK
BAH
.ORROZ
RENIELK,
REFPAT
IES
.HCID
THCUARB
NNAM
RESEID

.REFPAT IES

REFPAT
IES
NEIN...
BITTE, NEIN!
COSTANTINE! IN GOTTES NAMEN-- WAS HAST DU GETAN?
TJA, DAS IST DIE SACHE, BATMAN...
MIT DEM HIER HABEN ICH UND GOTT NICHTS ZU TUN...

BRUCE NUN MEIN, CON STAN TINE.
MEIN.
PAKT. GESCHLOSSEN. UNZERBRECH-LICH.
TRÄNENLOS.
FÜR FURCHTLOS.

MUTTER...
VATER...
ES TUT MIR SO LEID.
SEI LEID.
WIE KANN ICH DAS ÄNDERN?
SEI FURCHTLOS.
BEZAHL MIT TRÄNEN.
PAKT PACKT. KEINE ÄNDERUNG.
WIR TANZEN...
RUNE!
AAH!

BLAM BLAM
BLAM
ACH, TANZ DOCH MIT DIR SELBST.

ICH BIN TOT.
KNEIF DICH BESSER, UM SICHERZUGEHEN.
DAS IST MEINE LEICHE.
DAS IST DEINE VERGANGENHEIT.
LASS DIE ENDLICH HINTER DIR.
DAS IST SCHWER.
NA UND? VIELLEICHT BIST *DU* IN DER GASSE GESTORBEN.
VIELLEICHT IST DAS DIE HÖLLE.
WENN DAS DIE HÖLLE IST, HAB *ICH* SIE MIR GEWÄHLT.
MANN, HABEN WIR ABER EIN *EGO*.

WO WILLST DU HIN?
WOHIN ICH LÄNGST HÄTTE GEHEN SOLLEN...

G.C.P.D.
LEICHENHALLE
BEVOR DU MICH AN *JEDEN* ANDEREN ORT GEFÜHRT HAST.
G.C.P.D.
LEICHENHA
HAB DICH, SOLANG'S GING, VON HIER FERN-GEHALTEN.
DANN SAG ICH JETZT TSCHÜSS.
CONSTANTINE...
NA, NA, NA, ABSCHIEDE HABEN WIR *BEIDE* NICHT GUT DRAUF.
ABER PASS AUF, WAS DU ZU SEINER ALL-MÄCHTIGKEIT SAGST...

"Majestät nimmt die Dinge gern wörtlich."
BATMAN...
DU HAST MIT DER HÖLLE UM DEINE SEELE GEKÄMPFT.
UND NUN STEHST DU VOR MIR.
UND MEINEM URTEIL...

DU *WEISST*, WAS DU GETAN HAST.
ICH WEISS...
"WAS ICH *NICHT* GETAN HABE."

"ICH HABE NICHT GESCHONT!"

"WEIL DU ES WUSSTEST."
"JA."
"DEINE WUNDEN WAREN TÖDLICH."
"SEIN MESSER!
"SEIN VERDAMMTES MESSER!
"DER JOKER FIEL, ICH REAGIERTE.
"SO WIE IMMER."
"SELBST IM ANGESICHT DES TODES?"
"JA.
"ABER DANN..."

"ES WAR DIE BANGE FRAGE, WAS ER TUT...
"... WENN ICH WEG BIN..."
DU MUSST FÜR DEIN VERBRECHEN BEZAHLEN.
NAME: UNBEKANNT
ICH...
BIST DU NICHT ETWAS BRUTAL?
BRUTALER ALS DU?
DU WIRST GERICHTET...

... WIE DU ANDERE RICHTEST...
ICH WÜNSCHTE MIR, ER WÜRDE NOCH LE-BEN.
SLAM

Und da ist er wieder... unser Anfang...
Ein Sturz.
Auf das Ende unserer Geschichte zu...

Oder vielleicht...
HA
HA HA HAA
HA HAA HA

Vielleicht ist es nur der Anfang einer neuen Geschichte.

BRIAN AZZARELLO startete seine Karriere als Autor Ende der 90er, als er mit Zeichner Eduardo Risso u. a. die Noir-Miniserie JONNY DOUBLE bei DC Vertigo veröffentlichte. Kurz darauf brachten die beiden die mehrfach ausgezeichnete Comic-Reihe 100 BULLETS auf den Weg, die ebenfalls bei DC Vertigo herauskam. Mit Risso arbeitete Azzarello auch an BATMAN: KAPUTTE STADT, SPACEMAN und *Moonshine* zusammen. Zu Azzarellos weiteren Werken zählen SUPERMAN: DER MANN VON MORGEN mit Superstar Jim Lee, SGT. ROCK mit Comic-Legende Joe Kubert, DOC SAVAGE, der DC Vertigo-Western LOVELESS, BATMAN: EUROPA, der Comic-Roman FILTHY RICH sowie *Luke Cage: Ein Mann räumt auf* für Marvel, beide gezeichnet von Comic-Ikone Richard Corben. Mit Lee Bermejo realisierte Azzarello noch BATMAN: JOKER, BATMAN/DEATHBLOW, LEX LUTHOR: MANN AUS STAHL und BEFORE WATCHMEN: RORSCHACH. Außerdem war der 1962 in Cleveland geborene Azzarello der erste US-Autor, der die bis dahin ausschließlich von Briten geprägte DC Vertigo-Serie HELLBLAZER um John Constantine inszenierte. In der Ära des neuen DC-Universums präsentierte der Ehemann von Comic-Künstlerin Jill Thompson eine herausragende Fantasy-Superhelden-Saga in WONDER WOMAN. Nachdem er als Co-Autor von Frank Millers BATMAN: DARK KNIGHT III fungierte und dabei half, den dritten Teil der Serie um den revolutionären Klassiker BATMAN: DIE RÜCKKEHR DES DUNKLEN RITTERS fortzusetzen, lancierte Azzarello zuletzt eine neue BIRDS OF PREY-Serie um Harley Quinn.

LEE BERMEJO schrieb und zeichnete mit Freunden eigene Mini-Comics, bevor er seine professionelle Karriere Ende der 90er als Zeichner für Jim Lees damalige WildStorm-Studios begann. Zu Bermejos bekanntesten Comics zählen BATMAN/DEATHBLOW, BATMAN: JOKER, LEX LUTHOR: MANN AUS STAHL und BEFORE WATCHMEN: RORSCHACH, allesamt von Brian Azzarello geschrieben. Zudem steuerte Bermejo, der sich das Zeichnen größtenteils selbst beigebracht hat und heute einen extrem aufwendigen Stil pflegt, Artwork zu Titeln wie GLOBAL FREQUENCY von Warren Ellis, 100 BULLETS, GEN^{13}, SUPERMAN/GEN^{13}, DMZ von Brian Wood, *Resident Evil* und einen Zweiteiler für die HELLBLAZER-Saga von Mike Carey bei, wobei er auch diverse Cover für Constantines klassische DC Vertigo-Serie gestaltete. Für das im Zeitungsformat erschienene WEDNESDAY COMICS-Projekt illustrierte er die Superman-Story von John Arcudi. Mittlerweile ist Bermejo immer öfter selbst als Autor aktiv. So schrieb und zeichnete der Fanliebling eine Kurzgeschichte in BATMAN: SCHWARZ UND WEISS, die von Charles Dickens' Weihnachtsgeschichte inspirierte Graphic Novel BATMAN: NOËL und die düstere Science-Fiction-Serie SUICIDERS – KAMPF UMS ÜBERLEBEN. Darüber hinaus verfasste der Amerikaner, der in Italien lebt, die viel beachtete Serie WE ARE ROBIN, die den Mythos von Batmans jungem Sidekick auf innovative Art und Weise erweiterte.

BLACK
LABEL